烏鴉天婦羅店

泉水森林的楓葉街上，
林立著許多商家，
是烏鴉鎮非常熱鬧的地方。
就在這條楓葉街上，
有一家天婦羅店
發生火災了！

雖然有好多消防車
趕來救火，
但是，天婦羅店
還是燒得面目全非，
什麼都沒了。

幸好，
火災沒有波及到其他店家。
看熱鬧的人們
（不、不，應該說「看熱鬧的烏鴉們」）
漸漸散去，
四周又恢復平靜的時候——

麵包店的檸檬和年糕
前來慰問這一戶人家，
他們看見老闆阿久和他的兒子阿岩，
在火災後的廢墟中哭泣著。

「請振作一點啊！
天婦羅店的老闆！
要再幫我做好吃的天婦羅蓋飯啊！
阿岩，你也要加油！
別被那一點兒傷給打敗了！」
在一旁為他們父子加油打氣的，
是阿岩的朋友小仲。
不過——

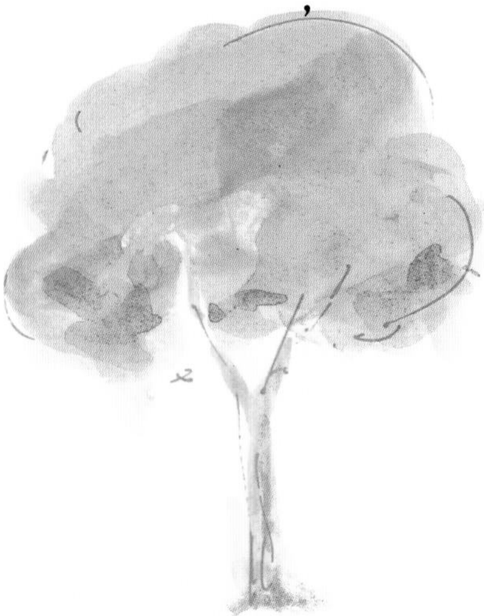

「一切都完了！
我太太不知是生是死，
到現在還不見蹤影；
我兒子好不容易學會炸天婦羅，
現在卻傷了眼睛。
一切都完了！
家裡沒人能好好做生意了！
嗚嗚……嗚嗚……嗚嗚……」

阿久又哭了起來。

聽見阿久說的話——

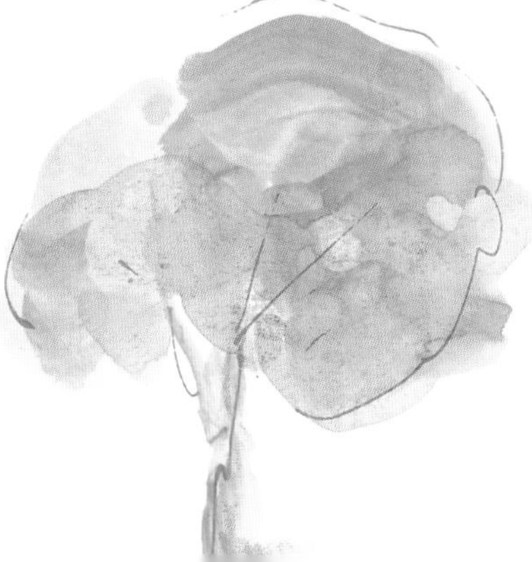

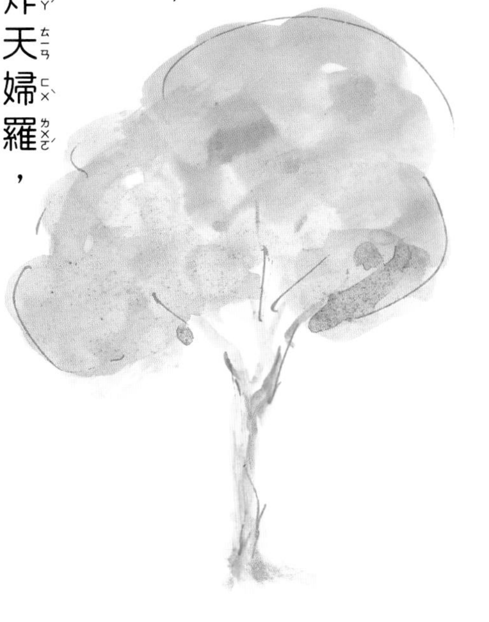

檸檬和年糕打破了沉默：

「阿久叔，如果您覺得我還可以的話，請教我怎麼炸東西，好嗎？」

「我也想學！拜託！懇求您教我炸天婦羅吧！」

小仲接著大聲的對阿久說：

檸檬把帶來的東西交給阿久，
「這是我們麵包店的一點小心意，
希望能讓您們打起精神來！」
「不好意思，實在很感恩。
你們真是太好心了。
嗚嗚……嗚嗚……嗚嗚……」
阿久又哭了起來。
事情就是這樣啦——

「看吧！看吧！這兩位充滿活力的
小姑娘和小伙子態度這麼誠懇！
明天，我就帶朋友來幫忙，
幫你們重新蓋一間店。
老闆！你可得加油啊！」

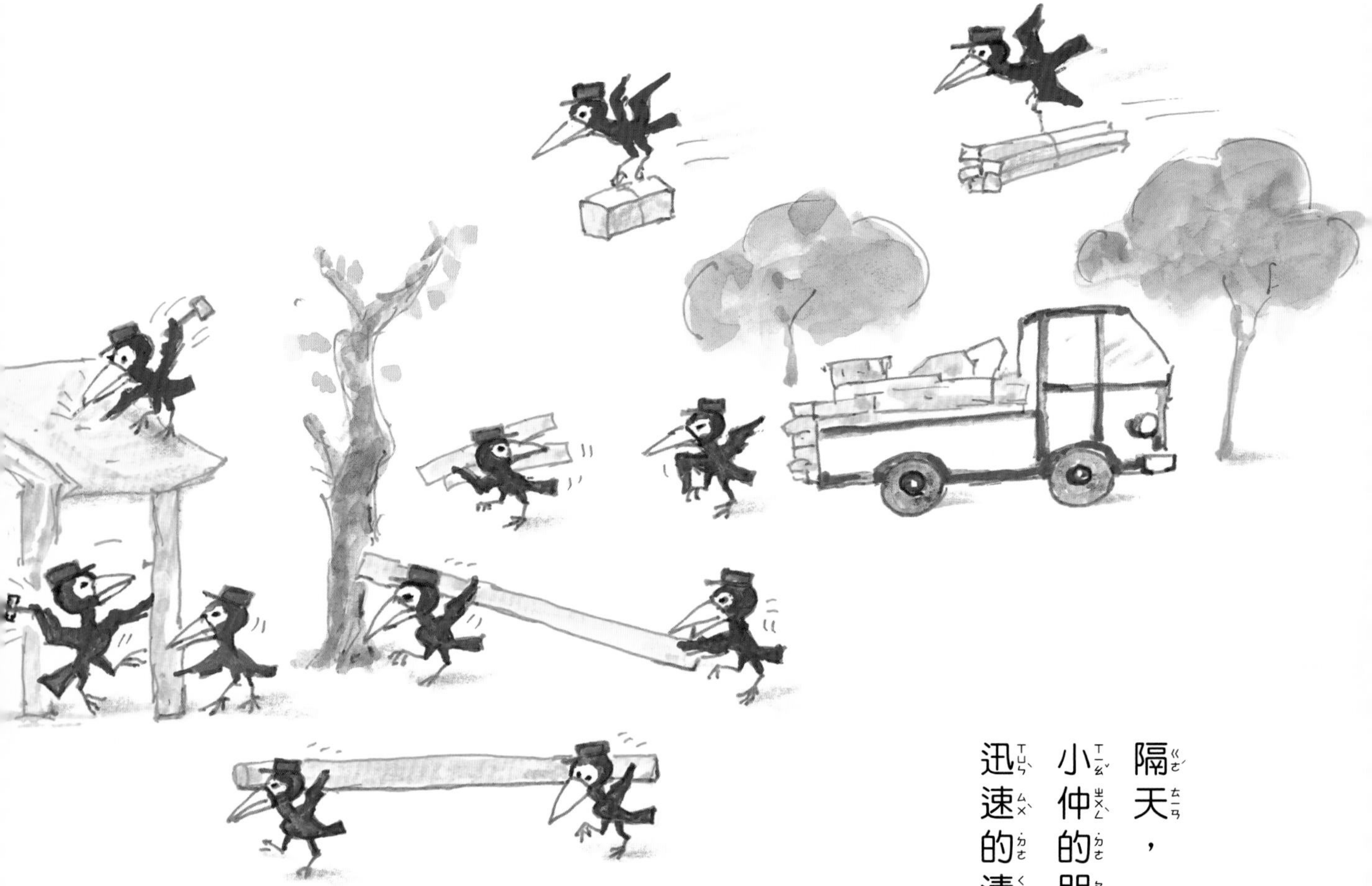

隔天，
小仲的朋友們
迅速的清理好火災現場，
重新蓋了一間
比之前還棒的店。

而且，他們還幫忙找齊了
油炸東西的料理用具。

看見新的店面
和那些料理用具——

阿久不再哭了，他提起精神，
開始傳授炸天婦羅的「獨門絕活」。
他的學生是被火燙傷眼睛的阿岩，
還有檸檬和年糕。

（「獨門絕活」就是
不輕易傳授給別人的祕密技巧，
在這裡是指最機密的料理方法。）

「嗯哼！注意聽了！
油和水是不相容的，
還有，要記住：
熱油非常容易起火。
如果把帶著水分的東西，
突然放進熱油裡的話，
會造成水花四濺、熱油飛噴！
這一次會發生火災，
就是飛噴出來的熱油引起的。」

「不過，話說回來，
其實炸天婦羅就是
把含水分的東西放進熱油裡，
炸成美味可口的食物。
所以，最重要的訣竅就在於巧妙的處理
這些令人傷腦筋的油、火和水。
你們一定要記清楚才行喔！」

「好的！」

「沒問題！」

「明白了！」

「好、好、好！那就正式開始！」

「第一堂課，先教你們怎麼清炸蔬菜。

前面放的是『森林蔬果行』
送來慰問我們家的蔬菜。
把這些蔬菜洗好、瀝乾，
切成適當的大小，
接著，慢慢放入熱油中。

等蔬菜周圍開始微微的
變成狐狸那樣的金黃色——
就表示炸蔬菜
差不多大功告成了。」

阿岩非常認真的聆聽阿久的解說；檸檬和年糕則按照指示，把蔬菜炸成狐狸色。

「很好、很好，大家都很厲害，炸得非常好。今天的課就上到這裡，明天再教新的！」

於是，檸檬和年糕拿了一半的炸蔬菜，開開心心的回家了。

隔天，檸檬和年糕從巧克力的點心店
要來一些麵粉和雞蛋。
阿久把麵粉跟水和在一起，再放入雞蛋，
做了黏黏稠稠的麵衣，準備用來炸天婦羅。
「嗯哼！今天要教你們做蔬菜天婦羅。
蔬菜切好後，先裹上麵衣，
然後慢慢放入熱油中。
首先，會看到蔬菜邊緣的麵衣
一起變熱、凝固。
蔬菜被包裹在
變硬的麵衣裡漸漸加溫，
然後就炸成又鬆又軟、

美味可口的食物了——這就是蔬菜天婦羅的做法。來，試試看！」

檸檬和年糕非常厲害的做好了蔬菜天婦羅。

「很好，全部過關！」

客人們聽說天婦羅店又開張了，紛紛上門來。把剛炸好的蔬菜天婦羅分送給客人之後，第二天的課程就結束了。

隔天的課，
要教的是炸蝦天婦羅。
那些蝦子是小仲的朋友們
用卡車從海邊載回來的。

「嗯哼！這麼棒的蝦子，
肯定能讓我們重振
『阿久炸蝦天婦羅』的名聲！」

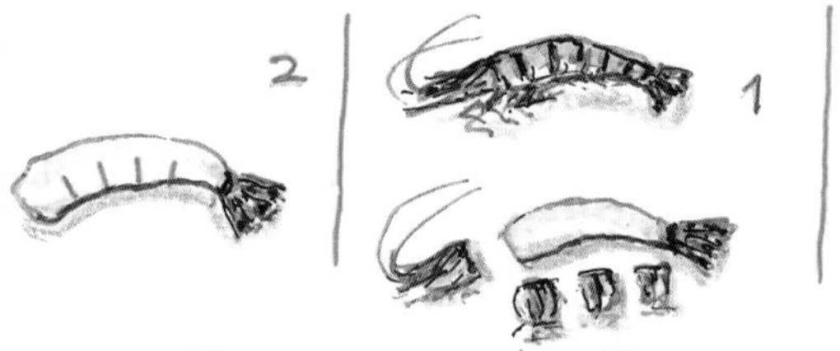

① 蝦子去頭、
剝除外殼。

② 在蝦子的肚子上
劃幾刀。

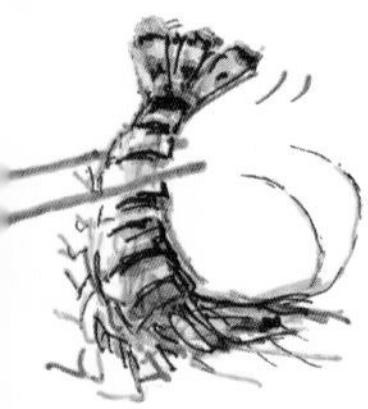

③ 蝦子瀝乾水分，
沾裹麵衣。

④ 裹好麵衣後，
立刻放進熱油裡炸。

香味四處飄散，蝦子一隻隻的炸好了。

「哇！厲害！真厲害！
真是名不虛傳的阿久炸蝦天婦羅！」

「今晚就吃炸蝦天婦羅蓋飯吧！」

店裡擠滿了被香味吸引來的客人，
他們才不管那些炸蝦是上課的教材，
一隻不剩統統帶回家去了。

來到了油炸課程的第四天。

「嗯哼！昨天的炸蝦天婦羅非常成功。
今天，我們就拿同樣的蝦子
來做西式炸蝦吧！
炸蝦天婦羅和西式炸蝦的差別，
在於麵衣上有沒有
再沾上一層麵包粉。
這些麵包粉
是烏樟林的麵包店
分給我們的。
好，開始吧！」

（接續下方＊處）

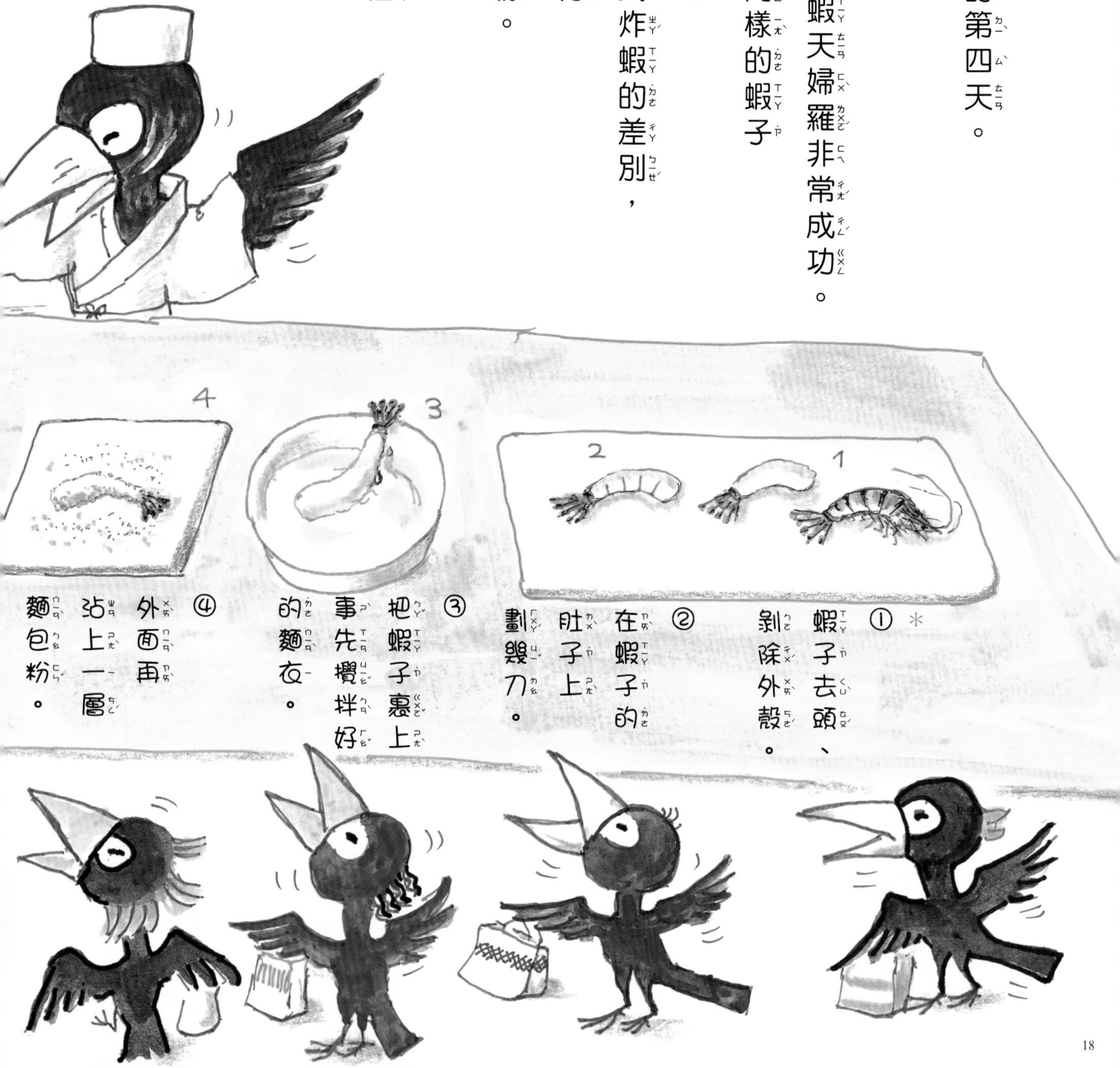

⑤放進熱油裡，
炸成恰到好處的
狐狸金黃色。

⑥大功告成！

這次的西式炸蝦
一樣炸得非常成功。
「很好，課程到這裡告一段落，
我所有的獨門絕活都傳授給你們了。
全部過關！你們都是第一名！」

這時，聚集在店裡的客人
紛紛大喊：「太好了！恭喜！」
還買走了所有剛炸好的西式炸蝦。
大家正忙著清理料理用具時——

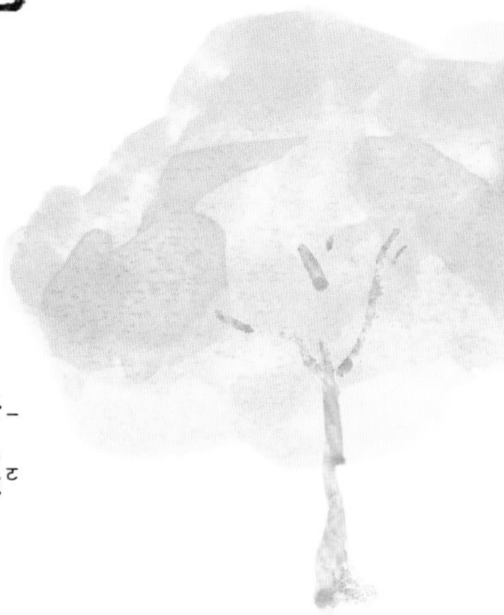

伊喔——伊喔——伊喔——

一輛救護車突然開過來，

停在店門口。

沒想到，走出救護車的竟然是

遍尋不著的老闆娘——

佳娜女士！

「太好了，你還活著！

我以為沒希望了，差點就要放棄——」

「哇！媽媽回來了！」

眼睛受傷的阿岩扯掉繃帶，開心的奔向媽媽。

老闆娘說：「發生火災時，我被火焰包圍，失去了意識，就這樣被救護車載走，一直待在醫院裡。沒辦法早點跟你們報平安，讓大家擔心了，真是對不起。」

「不管怎樣，活著回來就好！」

店裡的客人也都替他們高興，大家又哭又笑的一起分享了老闆娘歷劫歸來的喜悅。然後——

阿久精神抖擻的說：
「各位，
我的太太回來了，
新的店蓋好了，
學會我獨門絕活的弟子們
也都在這裡，

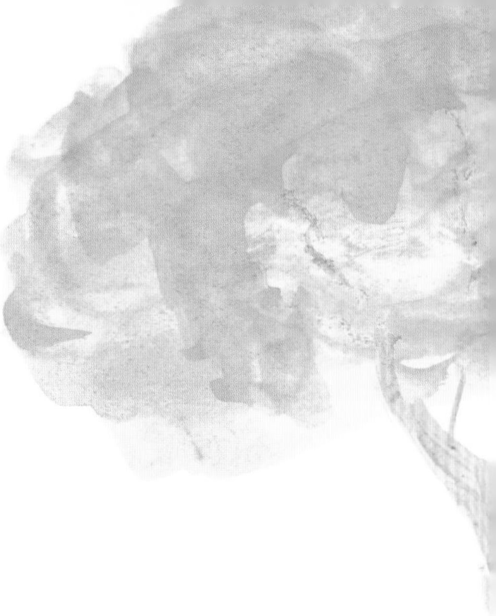

我想要辦個慶祝會，
慶祝『阿久天婦羅店』
浴火重生。
你們覺得好不好？」

小仲、檸檬和年糕大聲的回答：

「當然好啊！小事一樁！

就包在我們身上！」

「大家同心協力辦一場

熱熱鬧鬧的慶祝會吧！」

「第一名可不是說著玩的！

交給我們吧！」

那麼，接下來——

開始準備慶祝會！

蔬菜天婦羅

西式炸蔬菜

炸蝦天婦羅

西式炸蝦

炸魚天婦羅

西式炸魚

炸肉天婦羅

西式炸肉

為了做這些

天婦羅和西式炸物，

大家忙得不得了……

而且，
為了舉辦慶祝會，
店門外的會場布置
也讓大家手忙腳亂。

不過，就在大家忙東忙西時，
好事一件接著一件發生。
阿岩受傷的眼睛完全康復了，
他清清楚楚的看見了爸媽的臉，
好開心啊！
事情就是這樣啦！
一天就這麼過去了——

慶祝會這一天，烏鴉鎮的親朋好友們
都聚集到阿久的店門口。
大家一邊吃著天婦羅，
一邊開心的談天說笑……

小仲和他的朋友們
彈奏著樂器，
大家開始合唱：
〈天婦羅星期歌〉。

♫

星期一，元氣十足精神好，
炸蝦天婦羅吃到飽。

星期二，清炸食物好味道，
加點醬料不可少。
星期三，蔬菜天婦羅美佳餚，
來自新鮮青菜苗。
星期四，牛排、豬排和雞排，
統統炸好桌上擺。
星期五，麵衣完美裹一裹，
沾麵包粉丟下鍋。
星期六，酥炸牡蠣真美味，
好久不見來乾杯。
星期天，收攤休息好快樂，
油炸一星期辛苦了！♫

就這樣，熱鬧的慶祝會結束了。

隔天——

因為阿岩
非常感謝檸檬
在他受傷時給他安慰——

阿久被檸檬想學
天婦羅獨門絕活的熱誠
深深感動——

佳娜老闆娘非常喜歡檸檬
時時面帶笑容的工作態度——

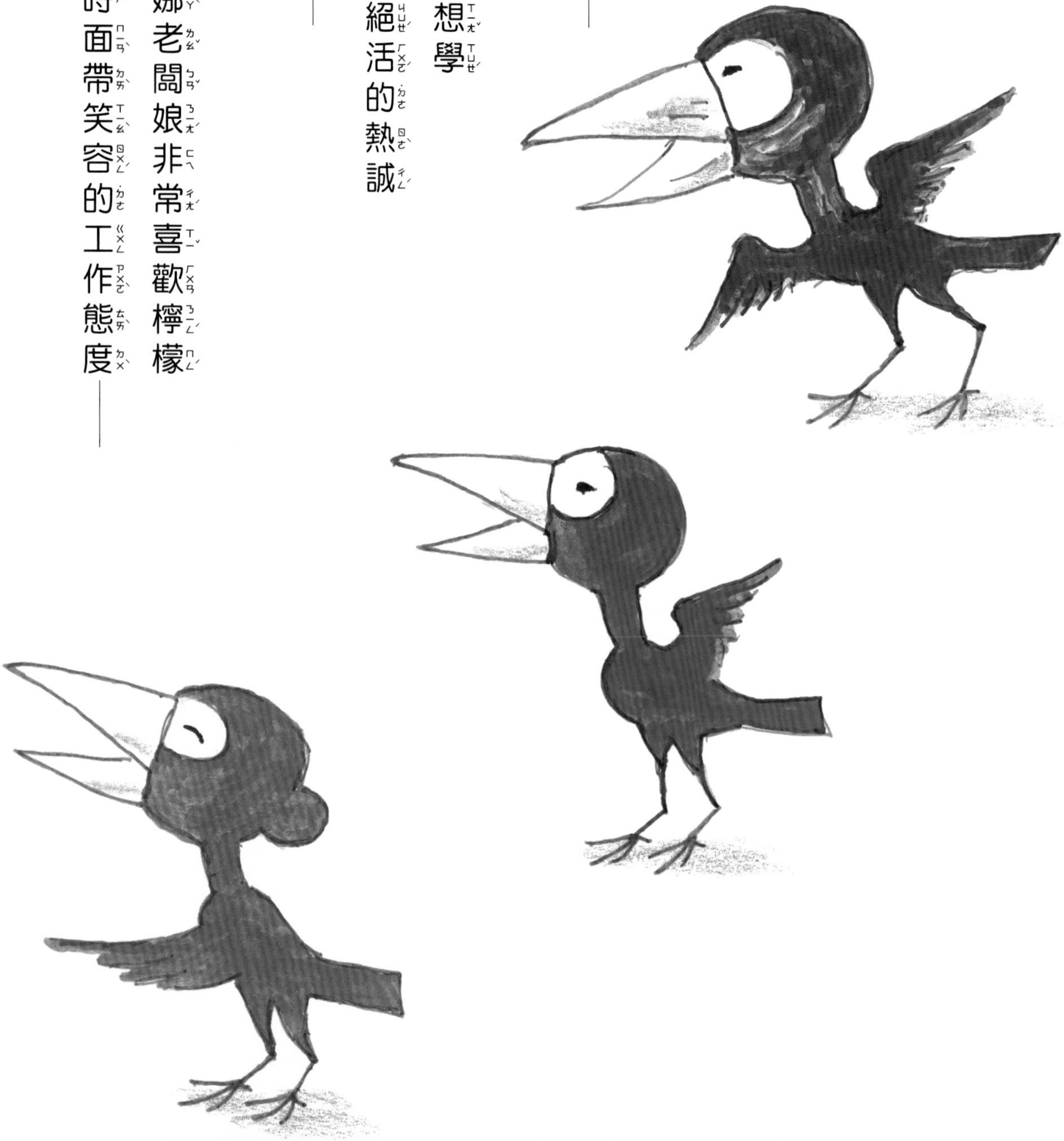

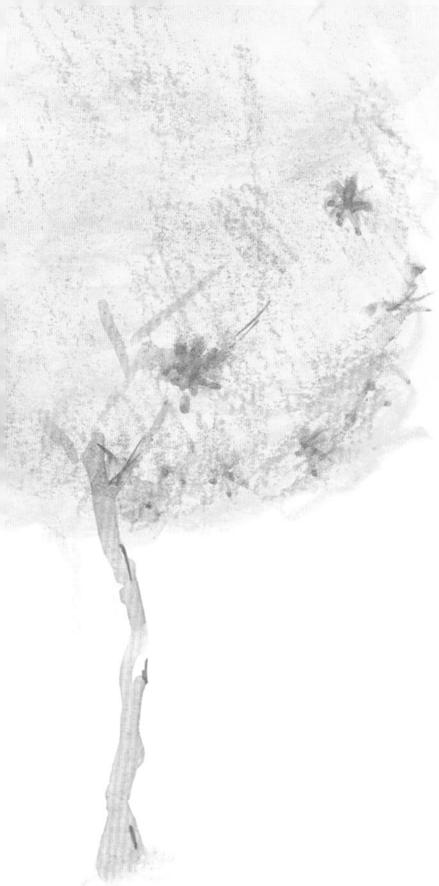

所以，他們一起向檸檬求婚，
希望她能成為天婦羅店的媳婦。

檸檬微微一笑，
小小聲的答應了這樁婚事。

事情就是這樣啦！
喜事連連，一件接著一件——

隔週的星期天，
阿岩和檸檬的婚禮，
在天婦羅店的門口舉行。

這回，合唱的氣勢
比之前慶祝會更盛大呢！
他們唱的是：
〈天婦羅西式
酥炸歌〉。

♫
熱熱的油鍋什麼都能炸
冰塊天婦羅 西式酥炸冰
天婦羅熱呼呼 西式酥炸燙
鯛魚生魚片炸成天婦羅
西瓜和香蕉酥炸真可口
天婦羅熱呼呼 西式酥炸燙
酥炸阿岩剛起鍋
配個檸檬味道真不錯
天婦羅熱呼呼 西式酥炸燙
♫

直到現在，楓葉街上的天婦羅店還是非常賣力的做著生意。

如果你有機會經過泉水森林，

說不定會聞到香噴噴的味道，或是聽到天婦羅之歌呢！

後記

加古里子

這本書描寫的是烏鴉麵包店的第三個孩子「檸檬」長大後發生的故事。不知不覺間，檸檬已經長大成為一位淑女了，不管是外型或心靈，都非常美麗。泉水森林大部分時間都很寧靜、愉快，不過，偶爾也會發生令人意想不到的事情或災難。這個故事要談的就是處於這種非常時期，檸檬和身邊的人是如何應對的？

我曾經在戰亂期間，還有發生大地震時，接觸到幾位像檸檬這樣的人，我從他們身上學到許多平常學不到的寶貴功課。而且，我也從中領悟到：人類「社會」之所以能成立，並不只是靠人多，更重要的是大家要互相幫忙、彌補彼此的不足。

這就是當初我會動筆寫下這個故事的原因。

烏鴉天婦羅店　文・圖／加古里子　譯／米雅

步步出版　社長兼總編輯／馮季眉　責任編輯／陳奕安　編輯／徐子茹　美術設計／林佳玉
讀書共和國出版集團　社長／郭重興　發行人／曾大福　業務平臺總經理／李雪麗　業務平臺副總經理／李復民
實體通路協理／林詩富　海外暨網路通路協理／張鑫峰　特販通路協理／陳綺瑩　印務協理／江域平　印務主任／李孟儒
出版／步步出版　發行／遠足文化事業股份有限公司　地址／231 新北市新店區民權路 108-2 號 9 樓
電話／ 02-2218-1417　傳真／ 02-8667-1065　Email ／ service@bookrep.com.tw　網址／ www.bookrep.com.tw
法律顧問／華洋國際專利商標事務所・蘇文生律師　印刷／通南彩色印刷有限公司
初版／ 2022 年 11 月　初版三刷／ 2023 年 2 月　定價／ 320 元　書號／ 1BSI1083　ISBN ／ 978-626-7174-12-8
Karasu no Tempuraya-san

作者介紹

加古里子 (1926~2018)

1926 年生於日本福井縣武生町（現為越前市），東京大學工學院應用化學系畢業。工學博士、技術士（化學）。任職於民間化學公司的研究部門期間，同時傾注許多心力在睦鄰運動（settlement house movement）及兒童會活動之中。1973 年從公司退休後，一邊研究兒童文化和兒童相關問題，同時身兼數職，擔任電視臺的新聞節目主持人、大學講師，甚至在海外從事教育實踐的活動。他也是一位兒童文化的研究者。作品多達 500 餘部，內容五花八門，包含故事類圖畫書、知識類圖畫書（橫跨科學、天體、社會各領域）、童話故事、紙上劇場等等。主要代表作：「加古里子說故事」系列、《金字塔》、《美麗的畫》（偕成社）、「不倒翁」系列、《河川》、《海》、《小 TOKO 在哪裡？》、《萬里長城》（福音館書店）、「加古里子　認識身體」系列（童心社）、《傳統遊戲考究》、「兒童的日常活動　自然和生活」系列（小峰書店）等等。獲獎無數，包括 1963 年產經兒童出版文化獎大獎、2008 年菊池寬獎、2009 年日本化學會特別功勞獎、神奈川文化獎、2011 年越前市文化功勞獎、2012 年「東燃 General 石油」兒童文化獎等等。2013 年春天，福井縣越前市「加古里子的故鄉繪本館『砳』（RAKU）」開館。

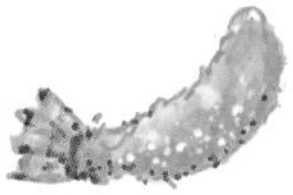

譯者介紹

米雅

插畫家、日文童書譯者，畢業於政治大學東語系日文組、大阪教育大學教育學研究科，曾任教於靜宜大學日文系十餘年。代表作有《比利 FUN 學巴士成長套書》（三民）、《你喜歡詩嗎？》、《小鱷魚家族：多多和神奇泡泡糖》（小熊）等。更多訊息都在「米雅散步道」FB 專頁及部落格：miyahwalker.blogspot.com/